El hombre
y el zorro

El hombre
y el zorro

Cuento persa

Versión de Silvia Dubovoy
ilustrado por Escletxa

everest

CIERTA VEZ, un hombre que paseaba por un lugar muy apartado del bosque vio un zorro sin patas. Con sigilo, se acercó lo más que pudo y pensó:

"Se ve bien alimentado. ¿De qué vivirá? Un zorro sin patas no puede procurarse su comida".

De pronto, un tremendo rugido lo hizo ocultarse tras una gigantesca piedra.

Desde ahí miró que un enorme tigre traía un trozo de carne en el hocico y se lo dejaba al zorro inválido.

—¡Verdaderamente asombroso!
—se dijo el hombre y se fue.

Al día siguiente, cuando se acordó de lo sucedido, le pareció tan increíble que regresó para cerciorarse de que no lo había soñado. Descubrió que ahí seguía el zorro y un fuerte rugido hizo temblar al hombre. Efectivamente, era el tigre que llegaba con un enorme trozo de carne en el hocico para dárselo al zorrito inválido.

—Esto es una señal del cielo —se dijo el hombre—. De ahora en adelante, yo, igual que el zorro, confiaré en la generosidad de los demás.

Decidió buscar un lugar sombreado y se sentó a esperar.

Allí permaneció varios días sin comer ni beber. La piel se le empezó a agrietar y comenzó a ver borroso. Estaba tan débil que no podía moverse.

Fue entonces cuando un maestro con una larga túnica, al verlo tan pálido, se le acercó y le preguntó. Y el hombre le contó la historia.

—¿Y por eso has permanecido tantos días así? —cuestionó con asombró.

—Es que creí que era una señal del cielo: si a un animal como al zorro le llega la comida, por qué no me habría de llegar a mí.

—Sí, es una señal —dijo
el hombre de la túnica—, pero
al que debiste imitar era al tigre,
no al zorro.

TÍTULOS DE LA COLECCIÓN

El sembrador de dátiles ♫ *cuento árabe*

El saber es más que la riqueza ♫ *cuento judío*

El hombre y el zorro ♫ *cuento persa*

Cirilo y la grulla ♫ *cuento italiano*

Joyas del desierto ♫ *cuento derviche*

Tres preguntas ♫ *cuento celta*

El águila real ♫ *cuento español*

El robo del olor de los guisos ♫ *cuento sufí*

El punto de equilibrio ♫ *cuento himalayo*

El tesoro de Xiao Wang ♫ *cuento chino*

¡Gandharva Sen ha muerto! ♫ *cuento bengalí*

Salem y el clavo ♫ *cuento sirio*

Dirección Editorial: Raquel López Varela
Coordinación Editorial: Ana María García Alonso
Maquetación: Cristina A. Rejas Manzanera
Diseño de cubierta: Francisco A. Morais

Texto de Silvia Dubovoy
Ilustración de Escletxa S. L.
© EDITORIAL EVEREST, S. A.
Carretera León-La Coruña, km 5
LEÓN (España)
ISBN: 978-84-241-2620-9
Depósito legal: LE.1201-2009
Printed in Spain - Impreso en España
EDITORIAL EVERGRÁFICAS, S. L.
Carretera León - La Coruña, km 5
LEÓN (España)
Atención al cliente: 902 123 400
www.everest.es